Diário do amor DESENFREADO

Tammy Luciano

Diário do amor DESENFREADO

Copyright © 2016 Qualis Editora e Comércio de Livros Ltda

Todos os direitos reservados e protegidos.
Nenhuma parte deste livro, poderá ser reproduzida ou transmitida sejam quais forem os meios empregados sem prévia autorização dos editores.

Esta é uma obra de ficção. Nomes, personagens, lugares e acontecimentos descritos são produto da imaginação da autora. Qualquer semelhança com nomes, datas e acontecimentos reais é mera coincidência.

Editora: Simone Fraga
Revisão: Sônia Carvalho
Ilustrações: Ana Paula Salvatori
Capa: Renato Klisman e Ana Paula Salvatori
Produção editorial: Renato Klisman

DADOS INTERNACIONAIS PARA CATALOGAÇÃO NA PUBLICAÇÃO (CIP)

L937d
    Luciano, Tammy -
       Diário do amor desenfreado/ Tammy Luciano. – [1. ed.] – Florianópolis, SC: Qualis Editora e Comércio de Livros Ltda, 2016.
       92 p. : il. ; 23 cm.

       ISBN 978-85-68839-39-3
       1. Poesia brasileira 2. Poemas 3. Versos I. Título.

                                                    CDD – B869.1
                                                    CDU - 821.134.3(81)

1ª edição - 2016

Qualis Editora e Comércio de Livros Ltda
Caixa Postal 21023
Florianópolis - Santa Catarina - SC - Cep.88047-970
www.qualiseditora.com
www.facebook.com/qualiseditora
@divasdaqualis

Para *Shelly Luciano,* por nascer minha irmã…

Para todos os leitores por me ajudarem a nascer como escritora.

Quando o poema vira diário

Em 2005, lancei 'Novela de Poemas'. Eu lançara 'Fernanda Vogel na Passarela da Vida' em 2003, em um mundo literário ainda muito novo para mim. Então, lançar meus poemas dois anos depois me pareceu uma oportunidade ótima de me apresentar mais um pouco para os leitores. Assusta-me pensar que já se passou mais de uma década desses primeiros passos na Literatura.

Nessa época, eu ainda não pensava em escrever romances, mergulhada que estava no teatro, atuando, escrevendo comédias, dramas, espetáculos infantis... uma apaixonada pelo palco, não imaginava me tornar escritora profissional.

'Novela de Poemas' chegou me mostrando o poder das palavras. Foi minha primeira vez ficando os dez dias em Bienais e me surpreendendo com os primeiros olhares de leitores que surgiram no meu livro. Ali, me dei conta de como estava sendo corajosa por entregar para as pessoas textos tão íntimos. E, mesmo que exista muita ficção na combinação de palavras, foi como me entregar para um mergulho que não tinha ideia onde me levaria.

Portas foram abertas, novas pessoas surgiram nos meus dias, minha poesia 'Menina Boazinha Malvada' se tornou viral no Orkut -, lembram? Passei a acreditar mais em mim, me senti mais forte para lutar pelos meus sonhos artísticos e acreditar. Depois do 'Novela de Poemas', não parei mais, lancei 'Sou Toda Errada' (7 Letras), 'Garota Replay' e 'Claro Que Te Amo!' (Novo Conceito), 'Sonhei Que Amava Você' e 'Escândalo!!!' (Valentina), e participei de diversas coletâneas, incluindo o mais recente 'O Livro Delas' (Rocco).

Hoje, muitas certezas envolvem o meu trabalho, como estar com os leitores; criar conteúdos, sejam em peças de teatro ou vídeos no meu Canal do Youtube (www.youtube.com/tammyluciano); nos eventos que participo; e nos livros que me fazem ainda mais viva e feliz. Por isso, quando a Qualis Editora me convidou para relançar 'Novela de Poemas', achei um convite irrecusável, principalmente pelas novidades que agora acompanham o livro, completamente ilustrado, e pela oportunidade de misturar minhas poesias com interatividade. Bato palmas para o talento incrível da ilustradora Ana Paula Salvatori e do designer Renato Klisman.

No caso da ilustradora Ana Paula, nosso trabalho foi feito de maneira muito interessante. Eu escrevia as ideias que queria para as ilustrações e a Ana Paula fazia desenho a desenho o que imaginei para cada texto com a supervisão da editora Simone Fraga. Um trabalho novo para mim e uma surpresa maravilhosa a cada desenho que chegava. Sem querer explicar minha escrita nesse livro, prefiro que sintam, preciso apenas acrescentar que o foco principal aqui não são rimas ou a poesia tradicional, mas o pensamento em frases, formando estrofes, com a liberdade de uma certa desconstrução com o alvo maior de contar a história de cada poetude contida nesse diário para vocês.

Então, fizemos nascer 'Diário do Amor Desenfreado' que chega com minhas letras e a chance de ter as suas com um diário paralelo, totalmente interativo que certamente fará você pensar e repensar seus sentimentos mais secretos. São várias perguntas e espaços para que você mergulhe dentro de si mesmo e anote momentos inesquecíveis de amor. Afinal, este é o tema que adoro... o amor em todas as suas possibilidades. A dor de amor, o coração acelerado em dias de sol, os momentos que fazem a gente ser o que é, até o amor verdadeiro que dá sentido para a nossa vida e nos faz ainda mais inteiros.

Obrigada por levarem para casa muito de mim. Que encontrem neste livro muito de vocês.

Sejam sempre felizes!

Tammy Luciano

Onde a mocinha sou eu...

Porque você algum dia na vida se imaginou como personagem de uma novela com personagens, tramas, sentimentos e um autor maior que escreveu capítulos e mais capítulos de momentos sonhados ou não.

Somos protagonistas nas histórias das nossas vidas. Somos os principais nos dias que vivemos. Muitas outras tramas acontecem ao mesmo tempo, muitas personagens se desencontram e se encontram, enquanto fazemos correr nossos capítulos diários. O outro pode achar que somos coadjuvantes na história dele, nós sabemos que ele está redondamente enganado. Deixa isso para lá! Seremos para sempre mocinhas e mocinhos de nossa novela de viver, com o título escolhido por nós e escrito por uma força maior que nos quer felizes e realizados.

Alguns poemas aqui fazem parte dos capítulos da minha vida. Outros, a maioria, criação pura, personagens da minha cabeça. Fica aqui o segredo do real e do imaginário. Importa a tentativa de ser poeta e, mais ainda, a tentativa de ser alguém melhor.

Quero uma personagem do bem, alguém com uma história de vida para valer a pena. Uma personagem real, com torcida nas ruas e telespectadores querendo sua felicidade.

Eu me mostro em Letras...

Quero fazer um som
Um som com as palavras
Minha bateria é a pontuação
Ritmando cada letra
Metendo cada sílaba para rimar
Para desconcertar

Falo. Falo escrevendo.
Escrevo. Escrevo para falar
Falo. Falo pensando
Penso. Penso escrevendo

Meu violão faz a balada da vida real no papel
Canto o poema da verdade
Escrevo na música da vida
Meu baixo
Baixo astral
Alto
Falando alto

Contando nos textos
Nos poemas
Minha música
Minha voz que embala meus passos
Que repete meus atos
Que canta escrevendo
O desejo de ser apenas artista
Sem explicar o estilo
Sem explicar meu som

Música minha que escrevo

Mundo mínimo

Meu mundo mínimo
Madrugando mágoas mal mastigadas
Mal apessoadas mulheres mentalizando maldades
Muitas vezes mentalizando a mim

Meu mundo mínimo
Memorizando minhas máculas
Muito mais males mergulham no mundo
Mas mastigo meu martírio medonho

Meu mundo mínimo
Mergulho na margem do mar
Minha meninice manhosa
Momentos menos maçantes

Meu mundo mínimo
Mastigo momentos mágicos
Mostro meu mundo mínimo
Minha maneira máxima

Verdade do dia

Andei de um lado para o outro do quarto
Precisava escrever minha crônica da semana
Algum tempo no computador e as ideias perdidas com facilidade
O que escrever? Do quê falar?

Lembrei que precisava fazer algumas ligações
Telefonei para o meu pai, falei com um diretor de teatro amigo
Voltei para o computador e nada
Minha mente me abandonou

Podia contar tanta coisa
Podia recontar o mundo
Bem, vou começar tudo de novo
O que escrever? Do quê falar?

Gastei toda a minha inspiração no texto que escrevi ontem
Estou de namoro com uma peça, uma comédia
Coloquei tudo que tenho nela e agora estou vazia
Tem dias que é assim

Mais uma vez, ando pelo quarto
Ligo a TV, pego um livro, o telefone toca
E se eu tomar um banho? Será que a inspiração aparece?
O que escrever? Do quê falar?

Tá, tá bom. Eu assumo!
Não tenho talento, sou uma farsa
Não sei escrever sem ajuda da minha mente
E por que será que ela me deixou?

Sem minha mente, todos vão descobrir que meu corpo não tem valor
Não posso deixar isso acontecer
Tudo bem! Vou tentar de novo. Só com meu corpo
O que escrever? Do quê falar?

É. É melhor desistir
Nada que eu escreva será bom
Que pena que minhas ideias me abandonaram
Hoje é dia de enviar minha coluna
O vazio vai tomar conta da minha página
A vida é assim mesmo
Tem dias que nada funciona
Será mesmo que nada funciona?

(Afinal, esse texto está aqui...)

Uma pessoa, um cenário, um perfume e um cardápio? Que dia mágico você gostaria de viver?

Buracos vazios

Ando me sentindo só
Não é assim a coisa mais importante do mundo
As pessoas continuam suas idas e vindas.
Veem a mim e não notam meu vazio

Eu estou rindo, esperando acontecer
Cometo o absurdo de assistir TV
E por alguns minutos esqueço essa dor
Um buraco no meio da barriga, uma dor

Se eu digo isso em voz alta
Quem escuta, olha de lado, não entende
Como alguém tão feliz pode estar triste?
Felicidade nos olhos dos outros, não nos meus

Já fingi alegria, volta e meia faço isso
A melhor saída para não responder
Porque o outro tem medo do feliz
Não tem curiosidade de saber como é ser assim

Eles querem questionar o triste
Medir os centímetros do seu lamento
Analisar a cor de sua lágrima
Recolher uma amostra de seu olhar caído

Por isso digo achar tudo muito bom
Pareço não me incomodar com o mundo
Vou sempre concordar com suas barbaridades
Assim finjo ser feliz e me deixam em paz

Sou dessas

Sou dessas pessoas diferentes
Odeio ser igual
Quando todos pensam que
Eu penso lá

Não quero ser exército de coelho
Mais uma na multidão
Quero ser eu, eu e eu
Então não posso ser o que pede

Sou dessas pessoas iguais
Somente igual a mim
Me imito, somo e sou
Alguém que age só como eu

Pago um preço por isso e aceito
Não volto ao lugar mais do mesmo
Se quiser ter mais de mim
É assim que precisa ser

Menina boazinha malvada

Eu não sou uma garotinha boa
Volta e meia cometo maldades
Penso besteira, faço errado
Depois prometo recuperar a verdade

Eu fiz uma coisa muito feia
Não me arrependi
Fiquei escondida, ninguém me viu
Depois fiz carinha de anjo, e todo mundo acreditou

Meninas boazinhas malvadas são assim
Conquistam pelo sorriso
Você elogia minha carinha de alegre todo dia
E é com ela que eu devoro você

Eu pego cada pedacinho do seu corpinho
Faço se apaixonar por mim
Conquisto seu desejo
Faço pensar na gente, junto, um só

Mas no fundo, no fundo, sou uma menina boazinha
Uma menina boazinha malvada
Não me arrependo de ser assim
Quero ter histórias para contar

Mesmo estando viva

Voltei para casa
Dirigindo na madrugada sozinha
Olhava pelo espelho retrovisor
Tentando me fazer companhia

Fatos. Comentários que não concordo
Jamais serei aquilo que esperam de mim
Sou assim. É assim. Não posso mudar
Porque se mudar, não serei eu

E venho sozinha no carro
E a rua está tão sozinha quanto eu
E ela parece me dizer
Aceite seu caminho, viva sua sina

Destino, fado, sorte que nunca me dizem sim
Todos os nãos que já vieram correr ruas comigo
Eu sou, mais uma vez, a moça que vaga na madrugada
Arriscando a vida, desejando até morrer para nascer de novo

Preciso ensaiar melhor o final das coisas
Aprender a ter a porta fechada no meu nariz
Violar minha alma e gritar com ela para deixar de ser boba
Aceitar que nada será como eu quero e morrer mesmo estando viva

Multiplicação do eu

Olho para mim, posso ver aquilo que ninguém sabe
Posso ver tudo multiplicado no meu interior
Meus defeitos três vezes mais claros
Meus desejos consumindo minhas horas

E me aceito assim, porque sou eu de verdade
Sem olhares alheios, sem a imaginação dos outros
Eu deito sozinha e sonho demais
Esqueço etiquetas, detesto regras, mando embora imposições

Se eu serei feliz a longo prazo, não me importa
Não vou mentir para agradar ninguém, nem a mim
Porque quando estou só, as mentiras gritam comigo
Reclamam seus direitos, minha verdade me trata melhor

Aproveito para somar nisso tudo à poesia
Entrelinhas falo ipisisliteris meu pensamento
E repito em voz alta cada passo
E refaço cada ato dos sonhos que quero trazer pro agora
Multiplico atos, refaço passos, lamento fatos, assumo erros...

Inimiga de mim

Eu sou o pesadelo de mim
E cumpro rigorosamente o compromisso de me destruir
Destruo meus sonhos, idealizo quedas, me mato em mim
Rolo no chão, gargalhando derrotas, uma a uma

E prometo mil vezes não agir mais assim
Não mais, não mais, não mais, só mais uma vez
Minto pra mim, aumento o som no ouvido, puxo meu tapete
Planejo um assalto e roubo minha própria felicidade

No dia seguinte, finjo ser amiga de mim
Como inimiga de mim, viro falsa de mim
Me engano no espelho, me boicoto no banheiro
E faço isso para me ludibriar, me usar dentro do que sou

E assim, a cada dia sou mais eu
Invejando a mim, desejando a mim
Jurando nunca mais, nunca mais, nunca mais
Nunca mais ser igual a outra pessoa que não seja eu

Que personagem literário você gostaria no mundo real e no seu destino?

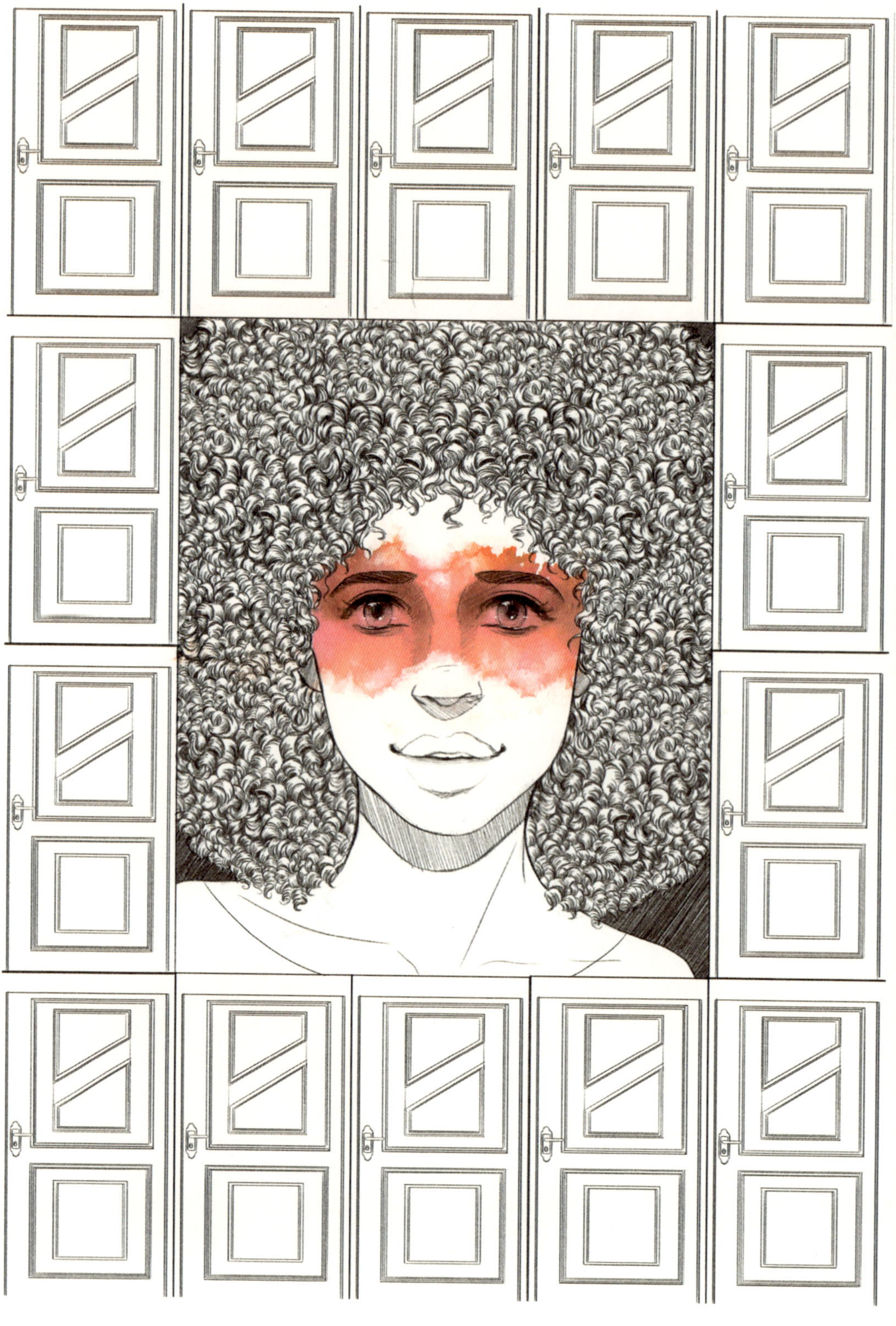

Lágrimas no palco

De repente dei tudo de mim
A energia parece ter acabado
Preciso de uns dias de sol, luz e paz
Repetiria cada ato, cada luta, cada atitude

Por vezes deixei a vida levar
Hoje eu levo meus passos
Derrubo dificuldades, procuro vencer
Sozinha, acompanhada, com apoio, sem ninguém

E, aos poucos, o retorno me encontra
As pessoas comentam, dizem sim
E os nãos vão ficando pequenos
Envergonhados, somem na sorte

Vejo aqueles que esperam parados um retorno
Desejam a vitória fácil
Sem fazer acontecer, apenas rezam
Cospem nas oportunidades da rotina, sem ajudar em nada

Olho a plateia, tanta gente me encarando
Lembro-me de todas as batalhas, choro
Penso no passado, nas portas fechadas
Nada veio a mim de graça, melhor assim

Saindo do foco

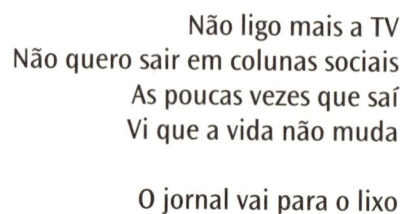

Não ligo mais a TV
Não quero sair em colunas sociais
As poucas vezes que saí
Vi que a vida não muda

O jornal vai para o lixo
O jornal enrola o sujo
O sujo enrola com jornal
O sujo está no jornal

Não quero ser adereço de festinha
Recuso os convites para farras
Fico aqui, sozinha, com a cara na minha noite
Eu faço a minha alegria, longe dos flashes

Alguém quer saber o que penso sobre
Um jornalista combina uma entrevista para o amanhã
Desligo telefones, não sei mais o que eles querem
Vejo carinho aos sem talento indicados por alguém

Não quero ser mal agradecida, sou pedinte em matérias de jornal
E fico ali, mãos estendidas, esperando uma notícia sobre minha arte
Na minha frente passam bundas, amantes e mentes vazias
Não cuspo no prato, só quero um novo garçom

Crio meu mundo, sigo sem esperar
Sofro com as futilidades alheias
Não me interessa saber
Viro as costas e vou embora

Não ligo mais a TV, quero ser
Escrevo sem parar, isso importa
Desejo crescer, aprender
E deixo a mediocridade para quem quiser criá-la

Produto chamado eu

Não sou um produto
Não quero rótulo
Você não vai me usar quando quiser
Tire sua mão fria de mim

Pode me colocando onde eu estava
Pare de decidir como eu funciono
O que eu tenho de bom você não vê
Eu existo, ligo, atendo quando quero

Não me negocie por aí sem que eu saiba
Eu só vou se eu quiser
Não assino nada, apago tudo
Não respeito você, jamais mandou em mim

Já disse que não sou produto
Meus sentimentos não têm controle
Minha qualidade não interessa a você
Sou apenas mais uma, em milhões que andam, pensam e falam.

Comum demais
Comum demais para aparecer
Comum demais para dar lucro
Comum demais por ser comum demais.

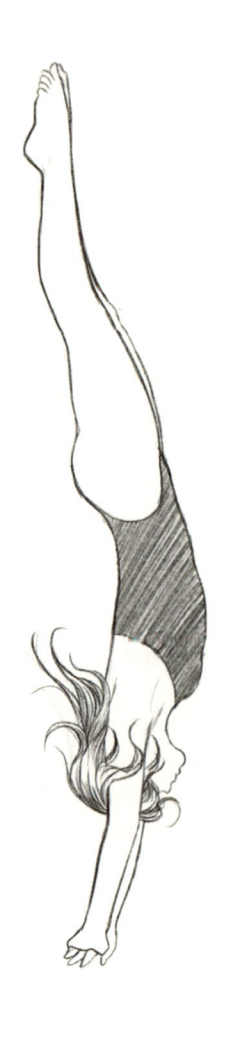

O porquê de ser

Ando pensando em mim
Olhando meus detalhes
Concluindo quem sou
Entendo o porquê de tudo

Certeza de não estacionar o carro
Força em fazer o que desejei
Leveza nos passos que dou
Honestidade com a minha verdade

Desejo de jamais acertar o tempo todo
Torcida para não sofrer com os erros
Alegria em não realizar tudo o que me foi dito
Acordar para buscar minha felicidade

Paixão por estar nessa vida louca
Intenção de batalhar nos projetos reais
Sonho de jamais desistir disso tudo
Sutilezas que quero mergulhar

As barreiras que vou transpor
As palavras que quero escrever
As vidas que quero viver
A artista que quero ser

No caminho estava Você...

A menina dos olhos sorriu

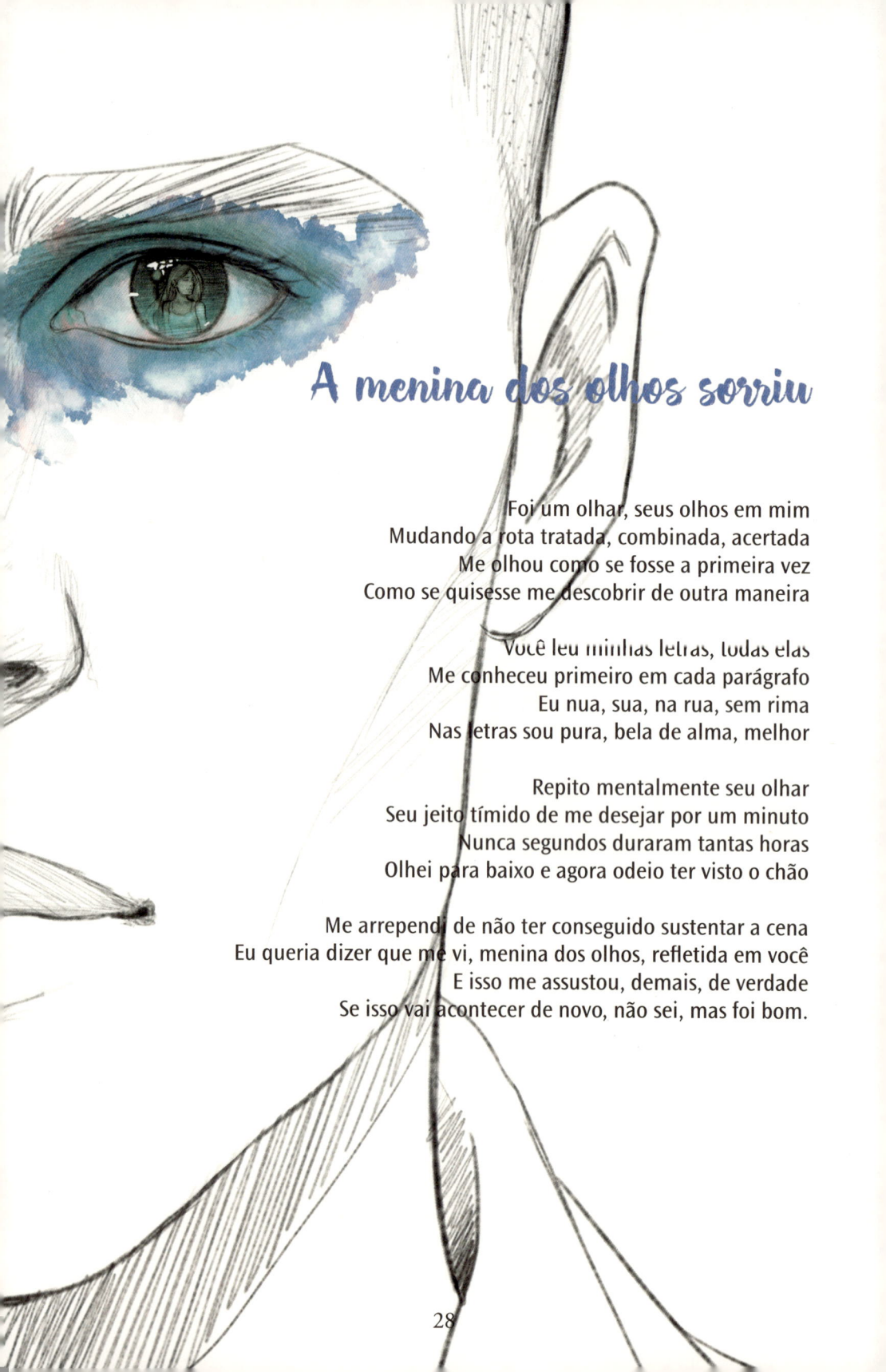

Foi um olhar, seus olhos em mim
Mudando a rota tratada, combinada, acertada
Me olhou como se fosse a primeira vez
Como se quisesse me descobrir de outra maneira

Você leu minhas letras, todas elas
Me conheceu primeiro em cada parágrafo
Eu nua, sua, na rua, sem rima
Nas letras sou pura, bela de alma, melhor

Repito mentalmente seu olhar
Seu jeito tímido de me desejar por um minuto
Nunca segundos duraram tantas horas
Olhei para baixo e agora odeio ter visto o chão

Me arrependi de não ter conseguido sustentar a cena
Eu queria dizer que me vi, menina dos olhos, refletida em você
E isso me assustou, demais, de verdade
Se isso vai acontecer de novo, não sei, mas foi bom.

Que história de amor ouviu e nunca mais esqueceu?

Calmamente chegará

Espero. Calmamente
Sem olhar o relógio
Sem pensar nos segundos passando
Lá na frente a gente vai se encontrar de novo

Não me importo com nada
Nossa amizade está no armário
Esperando ser usada mais uma vez
Guardada na escuridão, no mofo

E podem fazer, espernear
Não tenho medo de cara feia
Acho até divertido esse desejo de impedir
Essa vontade de acabar com nossa ligação

Podem incluir em nós verbos inexistentes
Achar que o ponto final é para sempre
Sentir felicidade por causa do nosso silêncio
A gente sabe, o futuro chegará, sou paciente.

Felicidade só nossa

Nosso lance é mais forte, dois corpos, duas mentes
E a gente começou do nada, ninguém esperava
E você me olhou, e a gente apostou com todo mundo
Ganhamos dos olhares alheios, estamos juntos

Unidos do nosso jeito, sem rótulo
Você sabe exatamente quem eu sou
Eu aceito suas feias imperfeições
Porque sabemos não existe amor sem dor

Não exibimos felicidade
Mostramos só a normalidade
Somos capazes de ficar por aí
Mas voltamos para ser um do outro

Aceito seus passos errados
Também me vejo em ruas distantes
E finjo quebrar um copo no chão
Porque, no fim, o ciúme tempera esse lance.

Demais em você

Esse seu olhar de menino foi o início de tudo
Culpa minha mergulhar mais fundo, querer saber mais
Não me arrependo, mas hoje tudo mudou
E agora não sei para onde ir

Pessoas indo embora
Eu e você sozinhos ali, lugar comum
Pessoas passando
Eu e você, não adianta fingir

Você olha o relógio, eu sei da sua hora
Eu olho para os lados, eu sei da minha culpa
Somos todos fora da lei, porque amamos no mundo do ódio
Estive algum tempo no céu, quero mais de você

Agora sei que não vamos parar aqui
Sei que vou ter mais da sua voz, do seu olhar, do seu cheiro
Não me pergunte ainda o que achei
Demoro dias para processar encontros

Hoje, vou deitar olhando o teto
Sempre faço isso quando penso demais
E eu vou pensar demais
Pensar demais, pensar demais no que vivi

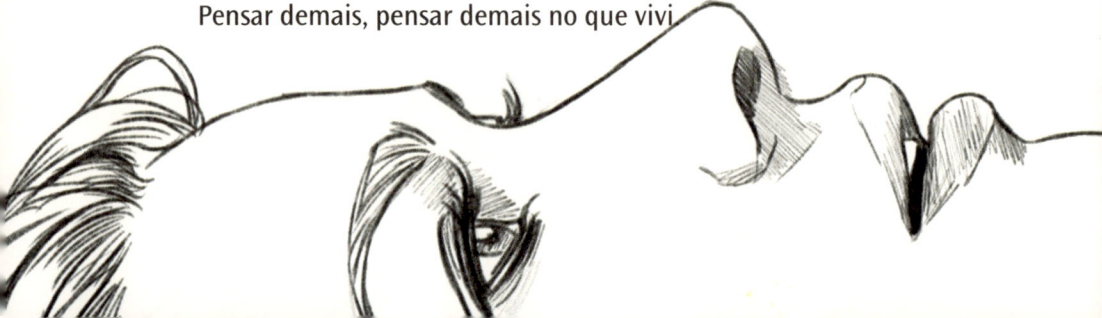

Desejo que faz calar e Arrepiar...

Língua Desnuda

Seu beijo quente
Sua língua na minha
Língua felina
Língua sem roupa

Ausente. Longe do mundo
Passo dias no escuro
Fazendo cena só pra você
Você gostando de me ver

Vamos e voltamos
Minha língua na sua
Língua tarada
Língua com fome

Presente. Desejar ter
Dias em claro
Atuando com você
Da maneira que deve ser.

Qual a maior
loucura de amor
que você já fez?

Sem motivo

Estou sentada conversando
Uma alegria invade meu corpo. Alegria estranha
Não me avisou que vinha, não perguntou se eu queria
Sem motivo. Alegria sem motivo

Devemos ter motivo para sorrir, para sentir, para seguir?
Estou em pé olhando a vida
Vejo pessoas erradas e certas
Sem motivo. Erros sem motivo

Estou andando pela rua
Olhando para frente, vendo o futuro
Sinto alívio sem saber por quê
Sem motivo. Alívio sem motivo

Deve ser amor. Amor com motivo.

Qual frase de amor acha mais especial E que frase inesquecível falaram para você?

Musicalmente sentindo...

Você é meu som mais sinistro
Minha melodia mais intensa
Dança no meio do meu coração
Faz tudo bater no cotidiano comum

Quando a gente se beija
O som continua rolando
Dança em mim, dança em você
Aquela música só nossa

Eu podia jurar que não vou mais chorar
Só vou amar você
Sejam que horas forem
Porque parei nesse som maior

Vamos combinar umas coisas
Só toca o nosso arranjo
Ninguém mais dança na nossa pista.

Meu corpo na sua música maior...

Música 4

Eu e você distantes geograficamente
Descobre pra gente uma maneira de ficar perto
Reinventa a química, a matemática, as leis da física
Assim quem sabe posso te encontrar

É que depois de ontem, eu quero
Não posso prometer nada, mas quero
Apenas um desejo estranho
Uma vontade de estar frente a frente

Não existe regra para o querer
Uma palavra, uma frase, uma declaração
De repente a música 4 não para de tocar
E o refrão tem tudo a ver com a gente

E eu escuto a nossa música sete vezes, chamo você
Imagino sua voz, adoro sua melodia
Distância maldita, distância sedutora
Que não mostra declaradamente sua imagem

E eu vou dormir assustada com tudo
Sonho diferente, encontro você, sou sua de novo
Escuto a música 4 mais uma vez
E desejo mais uma vez ter você aqui, mesmo estando aí.

> Liste músicas para tocar na trilha sonora de um encontro secreto e mágico.

> Faça sua playlist de amor aqui!

Dez dias. Fiquei hoje contando dez dias. Dez dias para a frente. Dez dias para trás, tentando descobrir quanto significa dez dias. Dez dias sem ver alguém. Dez dias sem comer sobremesa. Dez dias sem sair de casa. Dez dias sem escutar uma voz. Dez dias sem passar um cheque. Dez dias esperando a luz. Dez dias sem aceitar um perdão. Dez dias sem sentir um perfume. Dez dias sem fé. Dez dias sentindo dor. Dez dias acostumando a viver. Dez dias mergulhando na água fria. Dez dias sem olhar no espelho. Dez dias admirando retratos.

Dez dias. Fiquei hoje contando dez dias. Dez dias embaixo. Dez dias em cima. Dez dias relembrando três anos atrás. Dez dias sem vontade de ler. Dez dias sem tomar banho. Dez dias encontrando as mesmas pessoas. Dez dias mastigando gengibre. Dez dias tentando encontrar respostas. Dez dias acordando duas da tarde. Dez dias dirigindo sem rumo. Dez dias aceitando convites. Dez dias dizendo não para todo mundo. Dez dias vomitando besteiras. Dez dias brincando de ser criança.

Dez dias. Fiquei hoje contando dez dias. Dez dias pesados. Dez dias leves. Dez dias escutando a mesma música. Dez dias olhando para a mesma direção. Dez dias tendo medo. Dez dias com o controle remoto nas mãos. Dez dias sem beber água. Dez dias de curiosidade. Dez dias aumentando as olheiras. Dez dias estudando sem parar. Dez dias desejando o fim da futilidade. Dez dias sem falar palavrão. Dez dias sem arrependimentos. Dez dias pensando em desistir de tudo.

Dez dias. Fiquei hoje contando dez dias. Dez dias junto. Dez dias separado. Dez dias sorrindo sozinha no espelho. Dez dias andando descalça pela rua. Dez dias atravessando avenidas. Dez dias respirando desejo. Dez dias reconhecendo um som. Dez dias de tristeza. Dez dias de felicidade. Dez dias de meditação. Dez dias pensando em Deus. Dez dias pedindo obrigada. Dez dias sem usar óculos escuros. Dez dias fugindo dos medíocres. Dez dias lamentando quem foi embora. Dez dias preferindo o silêncio. Dez dias de saudade.

Dez dias. Fiquei hoje contando dez dias. Dez dias de fracasso. Dez dias de sucesso. Dez dias querendo voltar no tempo. Dez dias xingando o tempo. Dez dias pedindo desculpa ao tempo. Dez dias maldizendo o tempo. Dez dias perguntando para o tempo até que ponto ele pode me ajudar. Dez dias escrevendo sem parar. Dez dias olhando as horas. Dez dias desejando passar dez dias. Dez dias contando dez dias.

Juntos meu desejo

Sinto sua falta
Quando não está aqui
Sua ausência mais forte
Que me faz vazia na alma

Adoro quando também
Sente minha falta
Me chamando como
Se fosse adiantar

É nosso castigo
Ficar longe alguns dias
É meu desejo
Estar ao seu lado sempre

Não quero pensar em distância
Só quero pensar em querer
Mesmo que não seja agora
Estaremos juntos amanhã.

Últimos Sonhos

Existe algo diferente no ar
Um cheiro, um desejo, um gosto
Uma voz que embala meu sono
Uma imagem que ainda não veio me ver

Os sentidos fazendo seguir
A intuição indicando dizer sim
Digo sim para você, digo sim a mim
Durmo, querendo encontrar resposta

Sonho com você, não lembro direito
Sua mão toca a minha
Estamos frente a frente
Como nunca antes
Sua voz calma, seu jeito doce
A música que você cantou só para mim
Eu chego a desejar ser sua para sempre
Acreditando que o mundo é justo, feliz, em paz

sIIIIIM

Culpa sua eu me sentir tão bem
Quem manda me fazer acreditar que sou especial?
E enquanto carrego culpa por viver esses momentos de entrega
Você repete várias vezes sua vontade de seguir

Não posso falar de futuro
Não posso mentir que sou fácil
Não quero ficar fazendo suposições
Mas prometo dizer a verdade, para sempre.

Sentimentos reais do cotidiano comum...

Vícios de desejos constantes

Se sua vida está de pernas para o ar, a minha também
Acha o quê? Amor cobra pedágio, faz maldade, ri da gente
Eu ontem tentei arrumar umas roupas e dobrei tudo ao contrário
Depois guardei na gaveta o vício, achando ser uma das minhas blusas

Não sei mais se faço bem para você
Sou o chocolate que você quer comer
O refrigerante no calor que você quer beber
O ar que respira, respira por mim, vício constante

E ficamos horas escutando um ao outro
Falando de um mundo que não existe
Um lugar aonde só nós dois vamos
Andamos, amamos, cantamos o vício constante

Você fecha os olhos, me vê na sua cama
Eu abro minha alma, você nem precisa das chaves
Choramos a dois nosso vulcão em erupção
E peço, peço o fim e não paro, vício constante

Desejo você demais
E aceito ser mil vezes desejada também
Vem para mim, vem
Meu vício de desejos constantes

Receita culinária que mais combina com um momento a dois?

Duas histórias numa só

É como se fôssemos dois, quando também somos um
Você vive feliz, me diz aquilo que quero ouvir
Eu não dou atenção e reclamo de você
Sonho com um amanhã que ainda não conheço

São dois relacionamentos em um só
O seu lado perfeito, feliz, invejável, invejo você
E o meu lado vazio, triste, minha vontade de sumir
A culpa deve estar em mim, sempre foi assim

Quando me liga animado, morro de vergonha
Fico calada, pedindo desculpas em silêncio
Sua voz é tão tranquila, do seu lado só paz
Enquanto eu me mastigo em pedaços

Tento mudar meu jeito, combino comigo
Mando embora o pessimismo, imagino só cenas boas
Mas volta e meia pergunto onde está minha metade
Você do meu lado não preenche tudo

Perdoa meu jeito, esse jeito que você nem sabe
Queria estar em você, aceitar sua mão em mim
Respirar fundo, apagar tudo e seguir daqui
Agradecendo tudo de bom por nós dois

Quem sabe um dia...

Fora santidade

O problema é que você cismou
Não adianta eu explicar, mostrar, resumir
Seu desejo é me ver como uma senhora
Quando pareço errada, você não acredita

Cai fora, me deixa, não sou assim
Tenho defeitos, desejo, quero e peço
Beijo a boca de quem aparecer
Não tô querendo ser adorada

Para de me pedir santidade
O que tenho é apenas insanidade
Meus pesadelos são de tarde, de noite
Mando embora a santa produzida, maquiada

Repito milhões de vezes meus erros
Você não quer escutar
Responde apenas "sei", fingindo acreditar
Minha pureza só existe na sua cabeça

Vou repetir todas as histórias que contei
Fazer você assimilar minha culpa
Só assim vai entender
O mal que eu fiz podia ser em você

Três ruas que separam

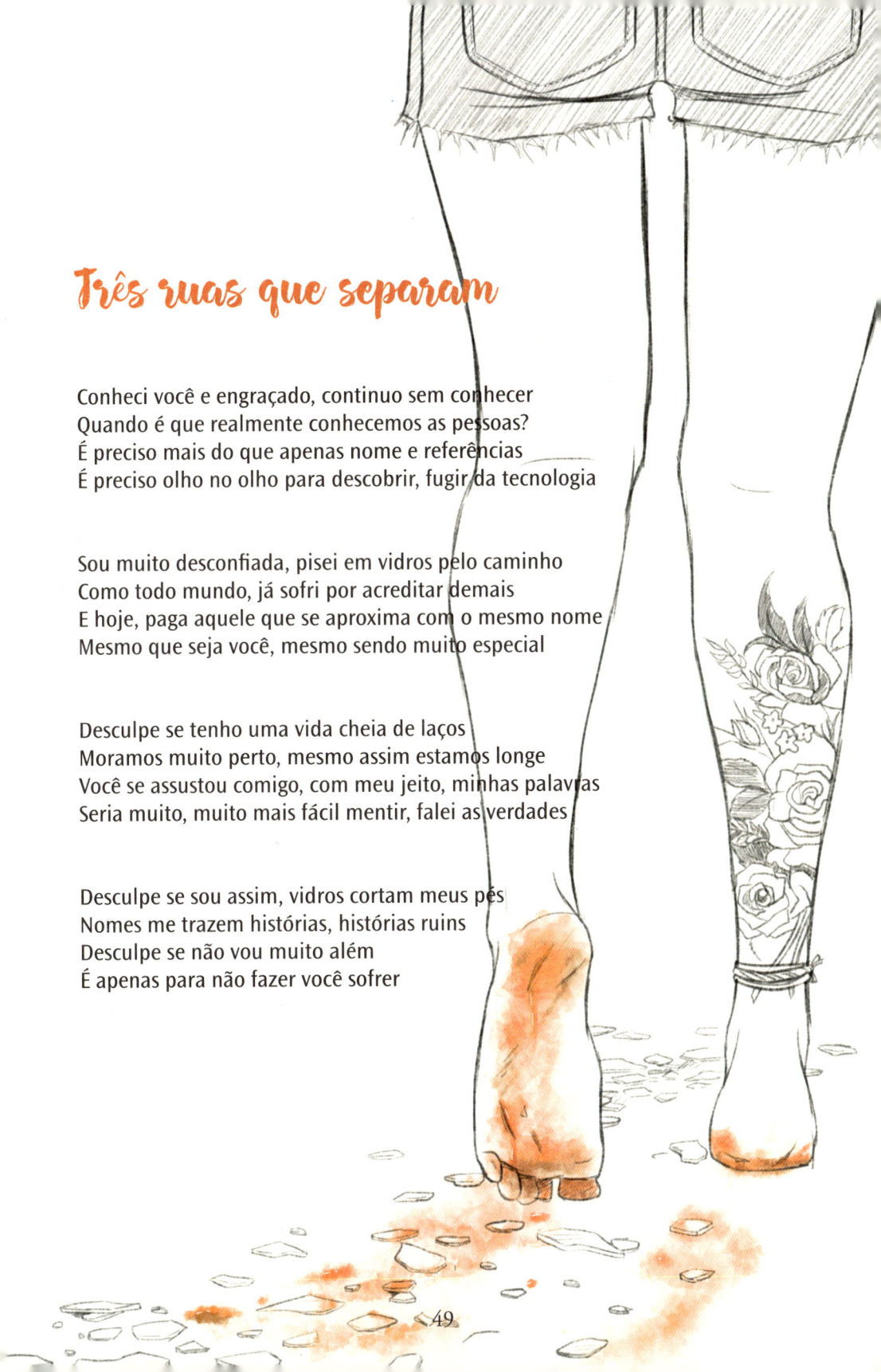

Conheci você e engraçado, continuo sem conhecer
Quando é que realmente conhecemos as pessoas?
É preciso mais do que apenas nome e referências
É preciso olho no olho para descobrir, fugir da tecnologia

Sou muito desconfiada, pisei em vidros pelo caminho
Como todo mundo, já sofri por acreditar demais
E hoje, paga aquele que se aproxima com o mesmo nome
Mesmo que seja você, mesmo sendo muito especial

Desculpe se tenho uma vida cheia de laços
Moramos muito perto, mesmo assim estamos longe
Você se assustou comigo, com meu jeito, minhas palavras
Seria muito, muito mais fácil mentir, falei as verdades

Desculpe se sou assim, vidros cortam meus pés
Nomes me trazem histórias, histórias ruins
Desculpe se não vou muito além
É apenas para não fazer você sofrer

Poesia dos opostos

Não entendo suas atitudes oito e oitenta
Também não sei por quanto tempo terei desejo de entender
Seu jeito doce de me chamar e seu jeito seco de não ligar
Suas desculpas colocando culpa em mim

Ontem, pensei na gente
Não sei se amanhã estarei pensando
Antes de gostar muito de alguém
Gosto demasiadamente da minha pessoa

Você demonstra desejo, pede minha boca
Sua voz denuncia saudade, sinto você
E depois tudo volta ao normal
Você promete me ver e usa as promessas como ninguém

Só comigo você sente como sente
Do meu lado sua risada é verdadeira
Você passou a noite longe, com outra
Mas fez questão de dizer "não valeu"

Só porque fui sua um dia não significa estar aqui amanhã
A lua está próxima do sol, mas os dois se encontram rapidamente
O mar molha a areia, mas nunca fica ao lado dela
Por quanto tempo vou querer você?

Eu passado, eu passada

Queria tentar ser sua como devo
Vou me buscar, trazer de volta do passado
Quando eu era uma só, seu par
Jamais vou entender o que mudou

Vou sentar comigo mesma
Me interrogar, verbalizar, acalmar meu passado
Irritado com meu presente
Vou tentar saber como era antes

Porque eu mudei e agora sou duas
Sou eu sua, sou eu diferente
Sou eu inteira e em metades
Sou eu assim, sou eu sem mim

Os dias têm sido calmos
Eu sei que o furacão vai voltar
Quando ele surgir, terei mais medo do que agora
Porque fico sem chão, não respondo pelos atos

E meus atos são outros, nada é igual como antes
Questiono o passado
Pergunto como posso trazê-lo de volta
A resposta não vem, passado não volta.

A dor amarga que esconde o endereço do Refúgio...

Para os dias ruins

Não vou calar. Dane-se!
Não nasci pra colocar maquiagem
Não estou nem aí pra te agradar
Se isso é rebeldia, sou rebelde

Vou mentir sempre que precisar
Você também nunca me falou a verdade
Também mente pra todo mundo
Pra sociedade, pra família, pra você

Seu mundo não existe
É um desses lugares onde a gente imita felicidade
Seu rosto não fala de amor
Suas palavras estão sempre para enganar os outros

E não me venha falar em exemplos
Odeio seu exemplo de ego, de falsidade, de enganar
E se um dia eu quiser a verdade
Certamente não irei na sua direção.

Bem secreto do mundo

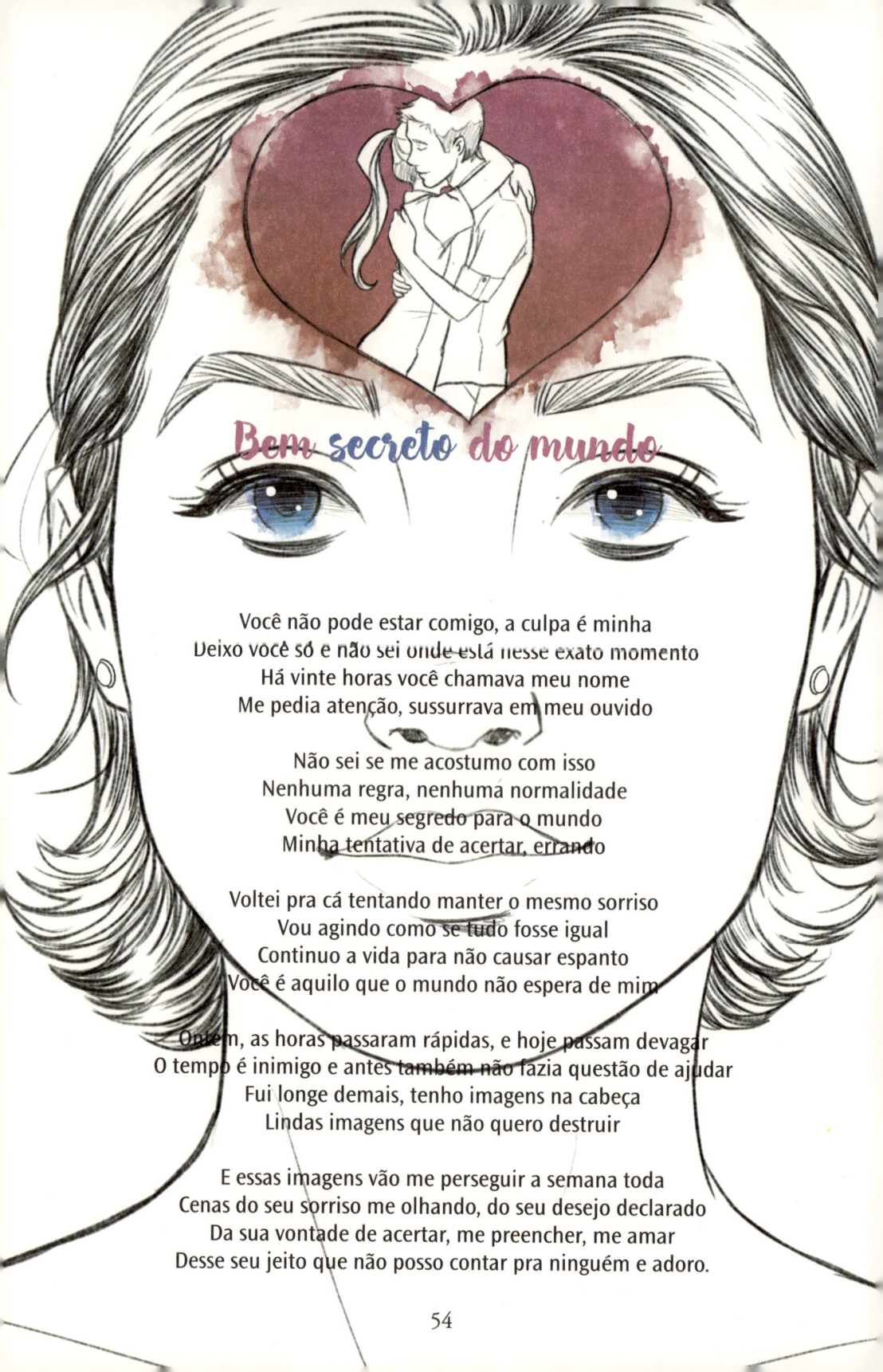

Você não pode estar comigo, a culpa é minha
Deixo você só e não sei onde está nesse exato momento
Há vinte horas você chamava meu nome
Me pedia atenção, sussurrava em meu ouvido

Não sei se me acostumo com isso
Nenhuma regra, nenhuma normalidade
Você é meu segredo para o mundo
Minha tentativa de acertar, errando

Voltei pra cá tentando manter o mesmo sorriso
Vou agindo como se tudo fosse igual
Continuo a vida para não causar espanto
Você é aquilo que o mundo não espera de mim

Ontem, as horas passaram rápidas, e hoje passam devagar
O tempo é inimigo e antes também não fazia questão de ajudar
Fui longe demais, tenho imagens na cabeça
Lindas imagens que não quero destruir

E essas imagens vão me perseguir a semana toda
Cenas do seu sorriso me olhando, do seu desejo declarado
Da sua vontade de acertar, me preencher, me amar
Desse seu jeito que não posso contar pra ninguém e adoro.

O que o amor não pode perdoar?

~~Mentira~~ Verdade!

Lindo mentiroso

Você se nega a dizer a verdade
Eu também menti quando nos conhecemos
Neguei o quanto era importante a honestidade
Você mente e me perde a cada dia

Um dia vai olhar para o lado
Eu não estarei mais próxima
Vou seguir por novos mundos
Tentar alguém sincero para falar em meu ouvido

Só que por enquanto estamos aqui
Perdoei a primeira, perdoei a segunda
E um dia chamei de idiota a mulher traída
A apaixonada por seu assassino de vida

Você se nega a mentir que é fiel
Essa é a verdade mais dura que escutei
Se fingisse amor, me faria feliz
Eu minto quando digo querer sempre a verdade.

Verdade sobre os três

Ela era carente de amigos
Perdeu muita gente legal ao longo da vida
Quando ele propôs amizade, abriu a guarda
Começou assim...
Tem ainda horas de insônia pela frente
Estará se lembrando dele
Hoje tudo tão infantil, bobo, ingênuo
Será que algum dia ele achou que ficariam juntos?

Ele bebe, ele dança com qualquer uma
Ele beija a boca da outra pra fazê-la sofrer
Ele telefona pra outra, desejando falar com ela
Não faz a menor diferença.

Ele ficou com a outra quando ainda gostava dela
Diz hoje que já não gosta tanto. Isso porque nunca mais a viu.
Dormiu com a outra na frente de um amigo. Isso mesmo.
Exibiu a intimidade proibida para quem quisesse ver

Ela só quer paz. Ela não quer fingir a paz
A outra, coitada, dormia em casa enquanto ele saía com uma terceira
A outra estava lá, vendo TV, ela viu e teve pena
Ele beijava a boca de uma terceira, se lembrando da outra, pensando nela.

Freio na velocidade do sentir

Você parou o carro no meio da estrada
Estrada estranha, desconhecida
Fiz versos para você, escrevi minha letra
Mesmo assim o carro parou sem motivo aparente

Você é louco, doido ou o quê?
Parou o que você mesmo acelerava
Cheguei a pular para o banco traseiro
Tinha medo da velocidade

E agora você decide parar
Minhas coisas estão espalhadas pelo chão
Busco resposta nas músicas que escuto
Acabei me esquecendo de tomar café e almoçar

Por que eu tinha que te conhecer?
Algumas vezes você parece como todo mundo
Usa as mesmas frases feitas, refeitas
Se desculpa igualzinho os outros fizeram, igual

Ficou tudo na minha vida revirada
Você diz não acabar, apenas frear
Se freamos o que existia
O que existia não existe mais

Quero de volta meus dias
Recuperar minhas horas de sono
Escrever versos só para mim
E andar de carro, mas agora sozinha.

Eu acredito em você mais uma vez...

Bonito de novo

Tentaram. O céu fechou
Fizeram. Invadiram nosso mundo
Ficaram. Mandaram por alguns dias
Fomos. Embora. Só nós dois

Não adiantou. Ninguém separa o que é forte
Mesmo a maldade intensa não é capaz de destruir
O que aconteceu naturalmente, sem esquema
Nossa vontade de estar junto venceu a dor

Por alguns dias, acreditamos na mentira alheia
Ficamos sem comunicação, fomos quase envolvidos
Resolvemos falar, sorte nossa
Alguém de fora matava nosso jardim

Mudamos as plantas de lugar
O sol iluminou a cena
Excluímos a praga
A praga agora fala sozinha

E assim, ficamos mais fortes
Passamos horas falando das coisas boas
Dos desejos, dos beijos, da vista para o mar
A cidade ficou mais bonita de novo.

As flores mais lindas para uma declaração de amor?

Gritos do caminho

Eu pensei que fosse fácil viver
Só é fácil o fácil
O difícil fica depois do fácil
Onde os lagos estão secos

Eu pensei que fosse feliz
Só a felicidade é feliz
A tristeza mora dentro de mim
Onde as noites levaram o amor

Eu pensei que você fosse meu destino
Só a solidão é minha sina
Ninguém mais está aqui
Onde eu choro os gritos do caminho.

Coração Deformado

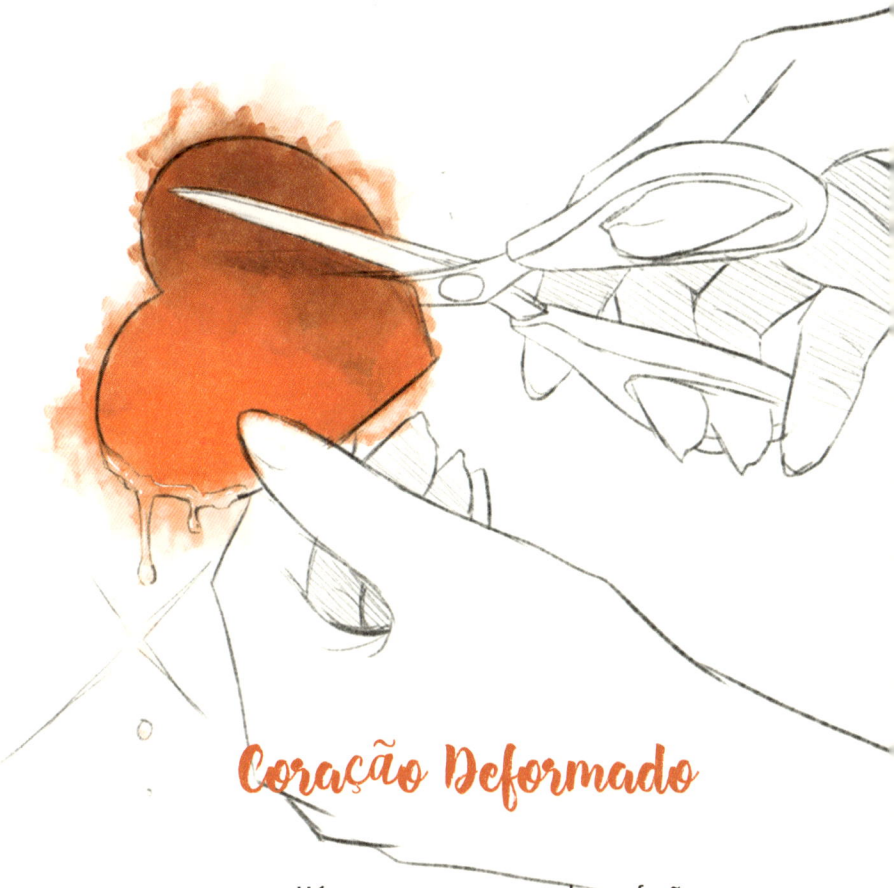

Há meses sou um poço de confusão
Sentimentos rasgados por tesoura cega, enferrujada
Corto um coração, recorto letras
Cuspo em combinações, penso no seu nome

Ando pelo quarto, meu poço de confusão
Olho nos seus olhos, digo seu apelido
Colo as letras, o coração mal cortado, deformado
Meu coração cansado, traído, marcado, massacrado

Tento preencher esse coração
Que para muitos já tem dono
Talvez só tenha rótulo
A letra não combina com o lugar

Recorto novas letras, sem saber como fazer
Meu poço de confusão não consegue sorrir
Lembro-me do seu sorriso alegre, o jeito feliz de sempre
Percebo que meu deformado coração é que não sabe viver.

Não me deve nada

Estou fugindo da realidade
Indo embora do mundo óbvio
Não me completa nada aqui fora
Olho para dentro de mim, vejo você

Quero apenas sentir tudo isso
Ontem, reparei um medo nas suas palavras
Por alguns segundos, senti sua preocupação
Em me ver gostar de você, de jogar tudo para o alto
E de repente você não sentir o mesmo

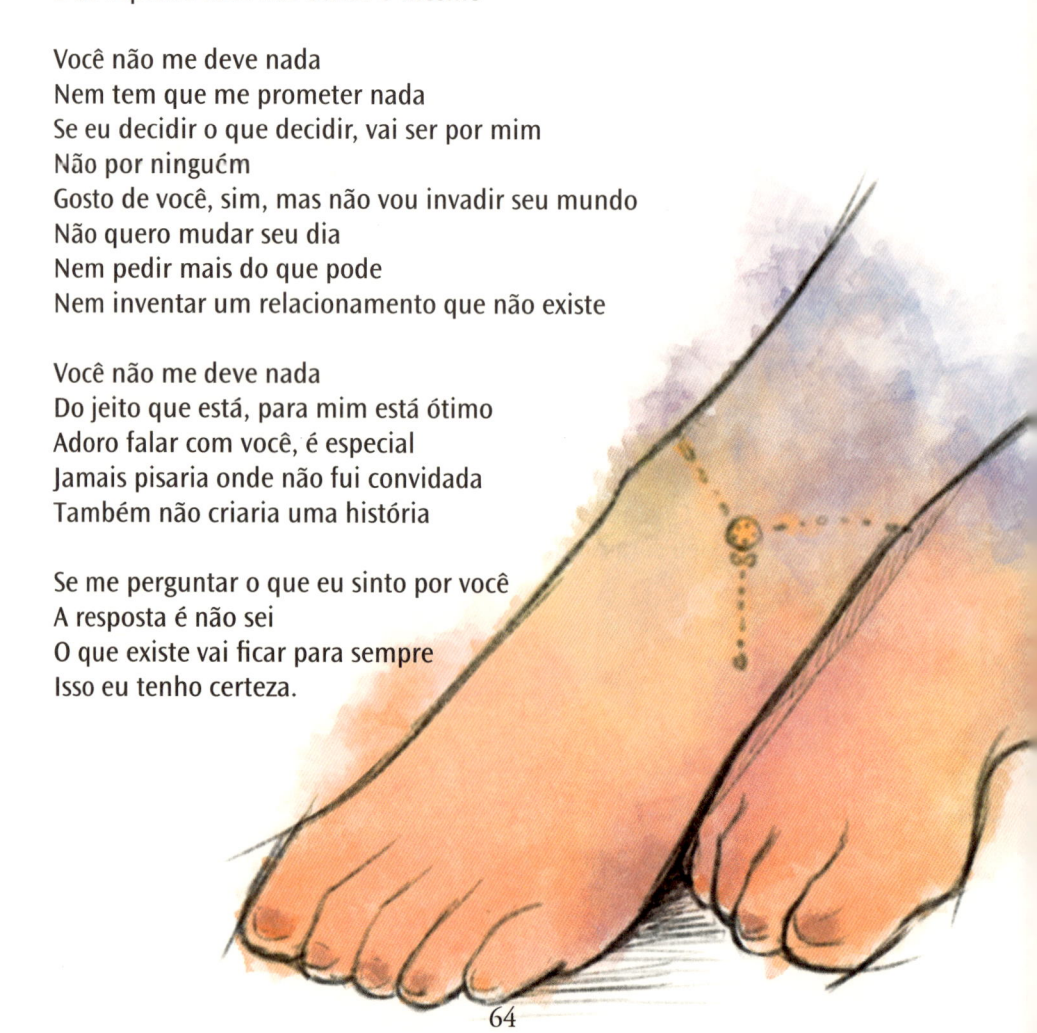

Você não me deve nada
Nem tem que me prometer nada
Se eu decidir o que decidir, vai ser por mim
Não por ninguém
Gosto de você, sim, mas não vou invadir seu mundo
Não quero mudar seu dia
Nem pedir mais do que pode
Nem inventar um relacionamento que não existe

Você não me deve nada
Do jeito que está, para mim está ótimo
Adoro falar com você, é especial
Jamais pisaria onde não fui convidada
Também não criaria uma história

Se me perguntar o que eu sinto por você
A resposta é não sei
O que existe vai ficar para sempre
Isso eu tenho certeza.

Quero esquecer que precisei esquecer Você...

Nome nas entranhas

O que anda fazendo comigo dentro de você?
Me apagando, diminuindo, excluindo, escondendo?
Seu sentimento por mim está mudando?
Ou continua o mesmo e você fica se enganando?

O que anda fazendo com o que sentia por mim?
Repetindo para si mesmo ser tudo superficial?
Desculpa, estou vendo daqui o que você não enxerga daí
Meu nome foi queimado na pele amarga do seu coração

Posso ser presunçosa, metida, insuportável
Quando olho na sua direção, eu me vejo
Mais bela do que nunca, os cabelos perfeitos, o sorriso lindo
Uma mulher diferente de mim, mais bonita do que a realidade

Não gosto de imaginar que faço mal pra você
Sou dessas mulheres corajosas, sem medo algum
Com coragem para ser, me mato em você
E tiro do seu peito a dor de me sentir latente em suas entranhas.

Ensaiando o fim

Olho o mundo lá fora
Não me vejo no mundo aqui dentro
As palavras não saem. Eu juro tentar
Ensaio o fim, prometo dizer, amanhã

Não é fácil acabar o que um dia jurei eterno
Revejo cada cena, adoro cada momento
Me sinto sozinha, triste, distante, você ao lado
Cada vez mais perto, eu desejando partir

E ensaio no espelho o fim de tudo
Olho você dormindo e penso ainda amar
E combino pensar melhor
E aceito não estar bem esses dias

E três dias depois, acho ser sua vez
Já não me olha com tanto brilho
Também deve estar pensando em dar um fim
Ensaiando encerrar, treinando a fala

E passo uns dias sem saber
Se sou eu ou você que deseja acabar
Qual dos dois pede o ponto final?
Ou ficaremos como sempre na vírgula?

Aceito que pode ser depressão
Teria além disso outra razão?
E detesto a rima do dia a dia
E imploro ser apenas um momento.

Palavras de amor que poderiam estar todas no mesmo potinho?

Embora fosse

Chega. Vou arrumar as minhas coisas
Pensar na minha vida, direcionar meus desejos
Desejos secretos, todo mundo esconde os seus
Desejos que fazem suar, sorrir, descabelar

Crimes silenciosos. Mato você em mim
Saio pela porta, não olho para o lado
Tenho medo que me vejam
Quero meu futuro sem você

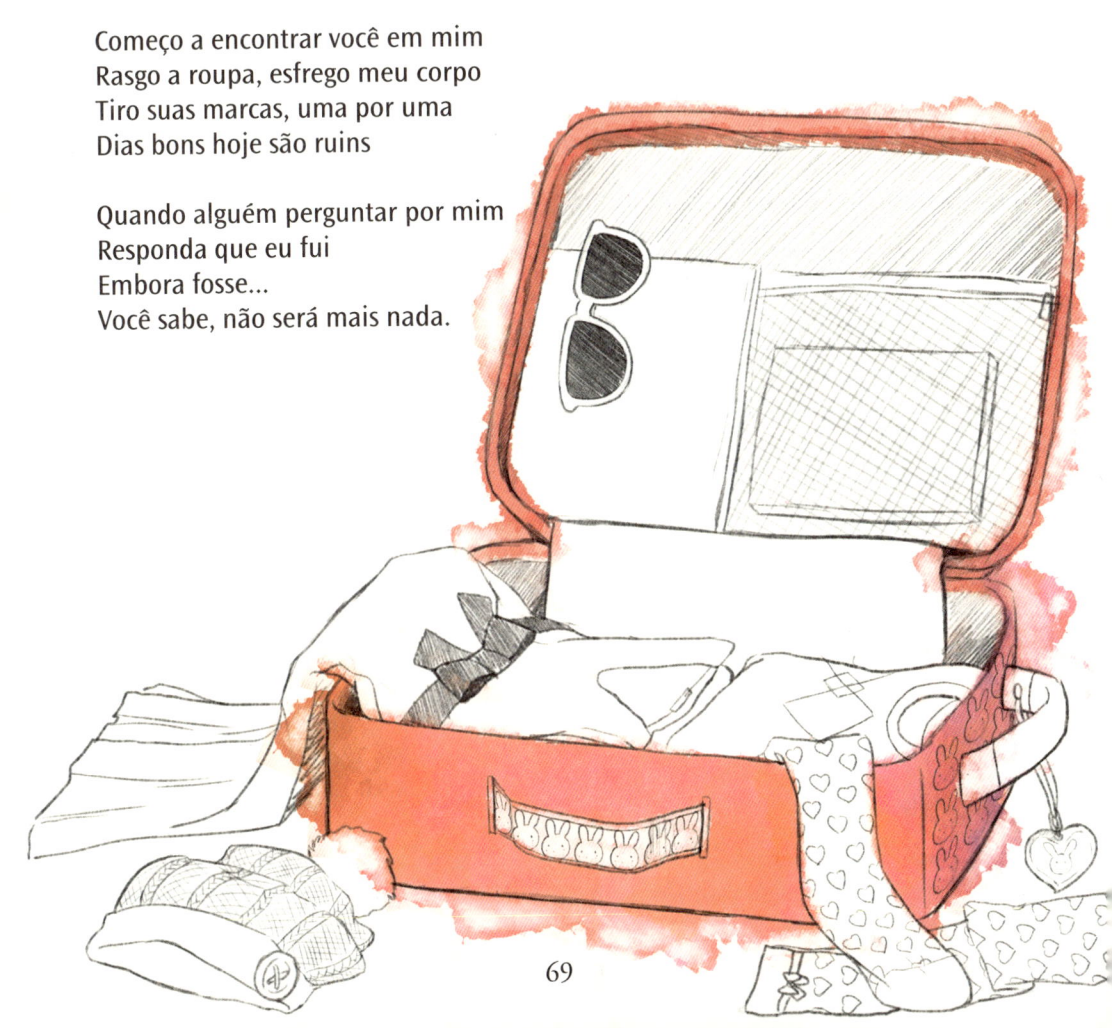

Começo a encontrar você em mim
Rasgo a roupa, esfrego meu corpo
Tiro suas marcas, uma por uma
Dias bons hoje são ruins

Quando alguém perguntar por mim
Responda que eu fui
Embora fosse...
Você sabe, não será mais nada.

Marcado e consagrado

Eu tentei acreditar que seria diferente
Agora minha mente e meu corpo tiram sarro de mim
Nada do que pensei aconteceu, errei feio
Mania de sonhar, achar que vai, não foi

E eu não queria ir, tinha medo de algo acontecer
Escutei tanto "eu te amo" e fui na onda
E agora só me restou um "sinto muito"
Marcado e consagrado na minha testa

Ando pelas ruas, olho ao redor
Isso me alivia, o mundo corre sem mim
Nossa história não é nada lá fora
Confio nisso para arrancar você de mim

Fico horas seguidas acordada
Faço uma lista de coisas legais para cumprir
Repito o nome de uma dúzia de pessoas especiais ao redor
Tento dançar uma música animada, patético

Termino minha noite com os olhos abertos, olhando o teto
Ando pela casa, acendo e apago luzes, penso no que virá
E minutos depois, estou lá fora, deitada, olhando o céu
Penso em você, tento esquecer você, penso em você, você, você.

Voltou e foi

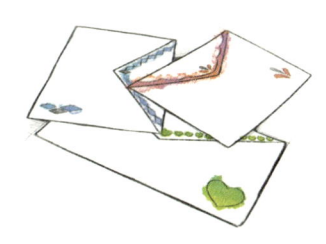

Um dia ele me olhou e disse: tô indo
Como assim? Espera. Fala mais
Não falou. Era pra ele o bastante
Era o fim, entendi. Esqueci. Demorou

Um dia, como quem não quer, voltou
Para mim? Para meus braços? Para o passado?
Passou. Acabou. Fui. Era. Aconteceu. Já foi
Ele me olhou. Queria de volta tudo de novo

Tudo de novo não pode
Foi embora junto com as cartas que queimei
Morreu com as lágrimas que caíram. Eram tantas
Desculpe a franqueza. Já foi, já foi
Te gostei, te amei, te livrei de mim

Ele resolveu abrir o jogo
Quebrou a cara com outra
Não tinha ninguém como eu
Não. Não tem mesmo.
Nem eu sou mais como era.

Alguém do seu passado marcou sua vida. Gostaria de reencontrar? O que mais ficou para você?

Adeus porque eu preciso...

EU TE AMO

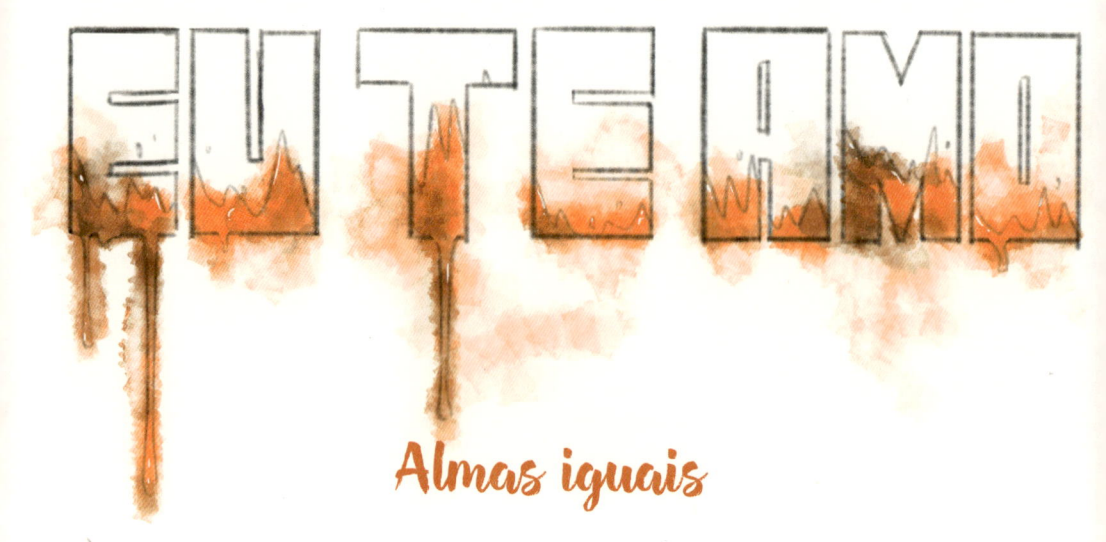

Almas iguais

Eu te amo e dane-se, isso não muda nada.
Continuo vendo suas imperfeições
Sigo seus passos errados
Reparo em seus defeitos, seus vícios

Sem rumo, aceitei seguir você assim
Seu corpo louco, sua carne próxima
Podia ter mudado de ideia
Mas você foi tão fundo, deixei

Não tenho pena de mim
Mesmo assim me revolto ao te ver
Não gosto das suas manias
Tenho horror das suas palavras

Prometo todos os dias te deixar
Depois rezo, choro e volto a ti
Eu te amo e dane-se, isso não muda nada.
Vejo seus erros, me vejo em você
Somos iguais...

Nojo de você

O tempo tira a máscara. Sua máscara
Vejo sua verdade. Lamento nosso encontro
Peço para esquecer nossos passos
Sinto nojo do que fui, de você

O tempo nessas horas não é amigo
Meu castigo será lembrar sua face, sua voz
Talvez mereça esquecer alguns detalhes
Mas seu vulto será sempre presente

De bom, posso dizer, não sou mais sua
Lamento informar, nunca fui
Porque no fundo, você não era nada daquilo
Então, eu fui de alguém que não existe. Não sou sua

De agora em diante, finja esquecer meu nome,
onde moro, minha face, minha voz
Faça o que eu faço, renegue o passado,
viva seu presente podre, e eu viverei meu presente livre
De agora em diante, mate nossa história na mente
Na minha, nunca existiu
Hoje, só tenho nojo, e você sabe disso.
Nojo de você.

Melhor assim pra mim

Nunca mais ouvi tua voz
Nosso encontro acabou
Melhor assim. Não era bom
Ruim pra você. Ruim pra mim

Descobri um prazer enorme no silêncio.
Nenhum som. Nenhuma voz.
Vivo no silêncio de nosso fim.
Melhor pra você. Melhor pra mim

Fico em silêncio. Silêncio
Sei por onde você anda
Eles adoram contar suas novidades
Quanto a mim, prefiro não aparecer

Estou bem. Melhor ainda agora
Sempre imaginei a gente amigo no futuro
Entendi ser impossível
Acabou. Melhor assim.

Rasgo você

Eu rasgo fatos
Não acabo com os dias
Não jogo fora o que foi
Eu serei sempre uma marca de você

Tatuagem única
Letra de música pela metade
Balada irregular que me parte em mil
Seres que infernizam minhas noites

Jamais terei paz
Porque paz é fim
Enquanto estiver aqui
Você estará em mim

Eu sou a bailarina sem pernas
O dragão medíocre sem fogo
A lei de um país sem justiça
Eu sou eu sem você

E enquanto eu estiver aqui
Estarei escrevendo minhas marcas
Cada uma delas
Em cada noite estrelada

Porque não quero paz
Paz, já disse, é fim
O que aprendi com você
É que tudo está sempre começando.

Honesto com a mentira

Você me queria mesmo?
Ou era minha tristeza que desejava?
Desejava minha dor, meu amor?
Não dei. O que dei, me arrependi

Volto no tempo, encontro meu passado
Arranco dele as marcas
Levo embora as lembranças de você
Dos dias errados de angústia certa

E mil vezes vou apagar você
Nem amor, nem ódio, apenas ausência
E vou jogar fora as marcas
O cordão, a caneta, as mentiras...

E, por favor, pare de me procurar
Tenha respeito pelo presente
Seu adeus a mim é alívio
Minha alma precisa disso

Quero dormir em paz, pesadelo pior
Apagar seu choro falso, senhor medíocre
Tantas vezes acreditei na sua conversa
Você vai, você volta, mente sempre igual

Pode chorar de agora em diante
Não receberá nada de mim
Somente um olhar frio, uma pena
Um já vou que sempre terei como resposta.

Decepções amorosas acontecem com todo mundo. Passou algum momento que precisou se reinventar? Que lição tirou disso?

Menos para você

Nunca mais você encosta em mim
Nunca mais sua mão correndo na minha pele
Qualquer um poderá ter meu corpo, se tentar. Menos você
O homem desconhecido tem chances comigo. Você, nenhuma

O lindo jarro de flores foi quebrado
A linda tarde de sol foi destruída pela chuva
Os sonhos que sonhávamos juntos
Acordaram sendo somente meus

Tirar você de mim só me fará bem
Não vou ter que pensar duas vezes sobre seu
caráter, muito menos decifrar mais seu código.
Tirar você de mim só me fará mais feliz
Não terei mais que pedir honestidade quando você
era apenas alguém que me queria sem querer

Você não poderá me olhar nos olhos
Minha emoção jamais será sua de novo
Pense comigo. Melhor para nós dois. Você está
livre de mim, e eu de suas atitudes secretas
Pense comigo. Você será mais feliz nessa tristeza triste do que
naquela alegria tão alegre que só era alegria para mim

Nunca mais você terá minha presença
Nunca mais me preocuparei com você e sua felicidade
Qualquer um terá meu carinho
Qualquer um que tentar poderá escutar minha voz de ajuda. Menos
você. As pessoas desconhecidas têm chance comigo. Você, nenhuma.

Quer mesmo saber?

Chega! Quero deixar de ser ridiculamente ridícula
Só vou olhar para frente. Passado? Lixo
Você está onde? Lá atrás ou parado na minha frente
Está no arquivo do que foi? Então vai!

Porque não aguento mais conviver com fantasma
Tô cheia de fazer companhia para desocupado
E se você não faz mais parte da minha vida
Pega sua malinha e me deixa sozinha

No meu passado moram as mentiras
Os enganos de pessoas tristes
De homens metade homem, metade erro
De indivíduos que a gente chama de gente, mas são pó

Estou recomeçando tudo, só que dessa vez por mim
Não quero lembrar o seu papo do bem
De pessoa juridicamente correta, boazinha
Vou fazer de conta que nada existiu

Jogo fora palavras, falas, malas e restos
Jogo fora enganos e angústias
Me concentro só em mim
Esqueço que um dia passei por você na vida.

Já não é tão ruim... sou eu novamente!

Dúzias de pessoas tristes

Desligo o telefone, chove muito
Dirijo, o vidro embaça
O sol saiu sem avisar, me deprimo
Sou dúzias de pessoas tristes

Volto no passado, me vejo no portão
Estou sonhando com o amanhã
Portas fechadas, sorrisos falsos
Corro ao presente, medo

Não atendo o telefone, sou só aqui
Danço abraçada a mim
Me vejo no espelho, meia pessoa em mim
Escrevo, me vejo rascunho de pessoa

Saio de mim, vou ao futuro
Sou eu melhor do que agora
Sou eu como gostaria de ser
Sou eu, em dúzias por todos os lados, feliz.

Meu seu

E enquanto o príncipe ficava separado de sua
princesa, ele escrevia na areia do deserto:
"O sol é meu
O sol é seu
Seu é meu
Meu céu é seu..."
E assim escrevendo, matava saudade daquela única mulher que o
havia feito encontrar um tesouro escondido, seu próprio sorriso.

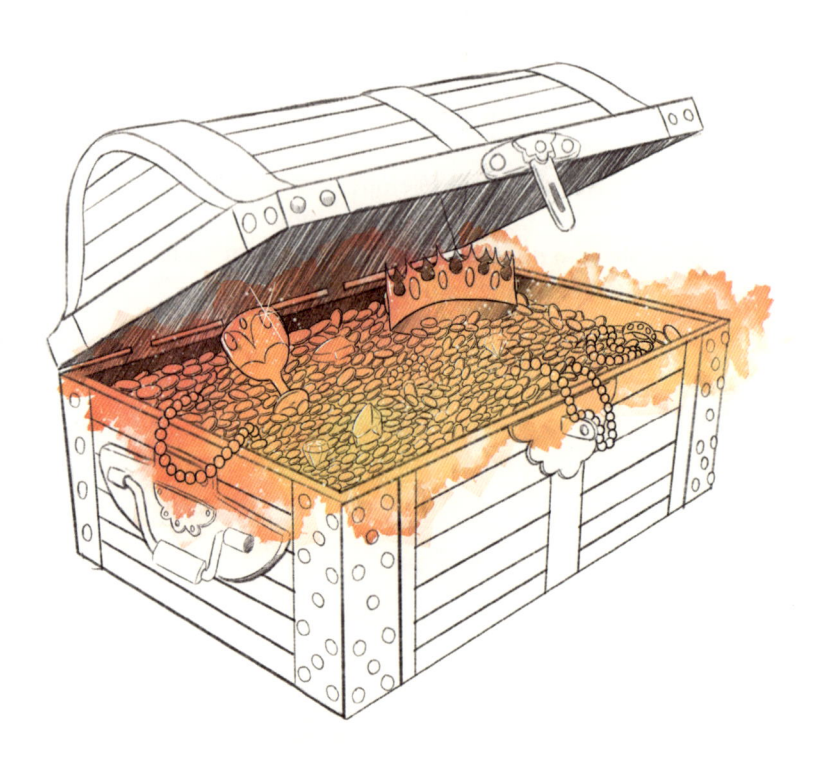

Acredite no amor!

Caso esteja decepcionado, escreva aqui como se fosse outra pessoa te lembrando que amor existe!

Estou sofrendo de amor, e agora?

Respire fundo. Acredite, vai passar e, na maioria das vezes, você agradece a libertação do relacionamento terminado. Vamos combinar que, se a pessoa não gosta mais de você, já deve ser meio caminho andado para enfiar na cabeça que chegou a hora de seguir. Chore. Esse negócio de não poder chorar faz você guardar sentimentos, ao invés de conseguir se renovar. Então, no começo, a rotina meio dolorosa fará você ter os pensamentos mais confusos, mas continue e não telefone para matar a saudade. As recaídas fazem você voltar para o começo do tabuleiro. E mesmo que sua vida sentimental não seja um jogo, por favor, não se deixe envolver pelo passado desinteressado por você.

Você não será a única pessoa a passar por isso. Muita gente alguma vez vive uma decepção. Pior ainda quando o relacionamento foi baseado na fé cega, você não se apaixonou pela pessoa, mas por quem achou que aquele alguém fosse. Aí insistimos no erro, sonhando com uma transformação que jamais acontecerá. Seria como querer colocar uma cestinha de bicicleta em uma moto *Harley Davidson*, ou um canguru levar na sua bolsinha um bebê elefante. Tenha certeza do fim. Você merece coisa melhor!

Mude a rotina imediatamente. Entre em uma academia, ou faça caminhadas abrindo os olhos para o mundo, encontre novos amigos, renove o visual, leia livros, as histórias de amor podem ajudar a continuar acreditando em sentimentos mais nobres. A culpa não pode ser jogada para cima do amor. Existem pessoas maravilhosas no mundo e, lote o pensamento de fé, você será muito feliz. Acorde com animação, sente para tomar um café, imagine sua vida melhorando, assista um filme, mas nesse caso não os muito sentimentais. Enquanto os livros de amor podem fazer bem, os filmes com suas imagens impactantes podem mexer muito com o seu coração. Assista comédias, gargalhe sem medo de ser feliz. Escreva. Faz bem colocar no papel seus pensamentos. Desenhe também! Aprenda violão, culinária...

Uma vez, li sobre a moda de algumas mulheres de fazerem festa para comemorarem o fim de um relacionamento. Não precisa tanto, mas frequente festas. Não se isole em casa regando depressão. Coma chocolate. Passe mais tempo com gatos e cachorros, mas não esqueça o quanto o carinho da família pode fazer bem. Deixe seu cantinho perfumado, faça um bolo, artesanato e brinque com colagens. Olhe-se no espelho, fale para si que existe força para seguir, pense positivo, acredite. Muito do que acontece na nossa vida começa a ser programado dentro da nossa cabeça. Conquistas podem ser realizadas quando você começa a pensar nelas.

Sofrer de amor faz parte da vida. Acreditar no amor nos faz sair do mergulho escuro. E mesmo se não estiver pronto(a) para amar alguém, se ame muito!

Adeus ao que nunca foi

O amor verdadeiro faz bem e incentiva. Muito cuidado para não cair na lama de um relacionamento abusivo. Se a pessoa gosta de você, ela cuidará e nada fará para diminuir sua autoestima. Não acredite quando o outro lhe faz mal dizendo fazer bem.

Amor é amor e só nos transmite bons sentimentos. Ninguém corrige o outro agressivamente para o relacionamento evoluir. Também não acredite na frase "quando você mudar, melhorar". Se não for aceito, vá embora e busque outro caminho. As nossas mudanças pessoais devem ser feitas por nós e não para segurar alguém. Se a pessoa não está satisfeita com você e existe uma vontade sua de mudar, ótimo. Mas com pressão e coação, não mude. Quem gosta de você, vai entender sua maneira de ser e querer ser feliz ao seu lado sem precisar ser maior, mais forte e dono(a) da verdade. Violência verbal é tão humilhante como a física. Gritos, dedo na cara, xingamentos, empurrões, cerceamento não são ingredientes de uma história de amor. Não fique em uma relação desse tipo porque não consegue ser só.

Algumas vezes, a solidão faz parte da vida. Aproveite para se reinventar, se encontrar e ser ainda melhor. Sozinho(a), você tem a chance de conhecer alguém de bem atingindo o que sempre sonhou. E o famoso "antes só do que mal acompanhado" vale ser usado nesse momento para quem está sem coragem de encerrar um ciclo ruim, mas desejando muito uma vida com dias felizes. *(Denuncie violência contra a mulher:* **Central de Atendimento à mulher – 180**)

Agora, se você já encontrou o amor... que delícia!

Não traga para o seu relacionamento atual o seu passado. As pessoas não são iguais. O que viveu antes pode ser completamente diferente. Mágoas e dores antigas precisam ser deixadas de lado pelo bem da nova história que começa.

Continue cuidando cotidianamente desse encontro com muito zelo. Muita gente diz não existir mais o amor verdadeiro, mas posso garantir a você, apesar de vivermos muita superficialidade, os corações continuam batendo fortes e os cérebros se apaixonando. Porque, apesar da gente romantizar nossos músculos involuntários batendo com intensidade, quem ama mesmo são os neurônios, os grandes ativadores dos sentimentos, cabendo ao coração a missão de disparar ao encontrar aquele alguém.

A vida a dois merece muita sensibilidade para existir. Gotinhas de fofura, por favor! Trate bem quem está ao seu lado, use palavras doces sem exagero, não faça com o outro o que magoaria você. Traição, vamos combinar, é uó. Prepare surpresas, não fique chato de repente e valorize sua companhia. Bom humor é o melhor tempero para o cotidiano. E se o dia a dia é cansativo, faça questão de também sair um pouco da rotina, vivendo dias diferentes com programas criativos. E não tem desculpa de dinheiro. Alguns momentos a dois, como olhar o mar, nada custam. Preocupe-se com o outro. Tenha carinho e preserve o relacionamento, afastando sentimentos ruins. Um toque, um beijo, um olhar intenso manterão o relacionamento leve e amoroso.

E amar... amar, ter uma vida a dois, não é obrigação, mas faz muito bem para a nossa existência. Ter o outro ao lado, poder dividir pensamentos, acreditar, somar e sonhar... sonhos a dois, planos, construções, sejam elas físicas ou emocionais, poderão dar ainda mais sentido à vida.

Agradecimentos

A meus pais - "honra teu pai e tua mãe" -, por terem feito tanto por mim. Meu pai, Luiz Luciano, é meu revisor, melhor amigo, ajuda na carreira, indo aos eventos, fotografando, filmando e que bom que vocês, leitores, o adoram. Minha irmã Shelly e meu cunhado Anthony Hitchen, por torcerem por mim da distante Londres. Santiago Junior, meu marido, amor, parceiro, acreditando que posso ir ainda mais longe. Matheus e Santiago Neto, adoro vocês e nossas risadas! Myrian Vogel, madrinha literária para sempre.

Para todos os meus amigos e familiares que tão gentilmente me desejam dias lindos e fazem parte deles. Para a editora, Simone Fraga, que amou esse projeto tanto quanto eu e me deixou voar longe, ter várias ideias para descrever as ilustrações desse livro. Para a talentosa Ana Paula Salvatori, que captou o que eu queria, fez as ilustrações desse livro da maneira que descrevi, o transformando em um objeto mágico. Sua arte deixou o livro ainda mais lindo do que imaginei, assim como a participação do Renato Klisman fazendo todo o lindo design da capa e a editoração do material interno.

Para a Qualis Editora, por ter sido tão carinhosa, me convidando para esse relançamento com ares de novidade, fazendo 'Novela de Poemas' se tornar outro livro... um Diário do Amor Desenfreado! Para os meus leitores, por tudo, minha gratidão pelas lindas palavras, cumplicidade, empolgação, mensagens e o sorriso de vocês quando nos encontramos em eventos literários. Obrigada em especial aos leitores, Carolina Belisario, Iuri Keffer, Jane Carla de Oliveira, Marcielly Lima e Rico Olivetti pelos lindos textos da quarta capa, tratando com tanto carinho minha escrita. Para minhas auaus, Maria Eduardinha e Maria Theodorinha, minhas companheiras de rotina literária, passando horas comigo, enquanto crio histórias. Para Deus, por todas as bênçãos, por me fazer cheia de fé na vida, forte e feliz não só na missão de escrever livros, mas na vida pessoal.

Tammy Luciano